# 歌集 360

吉田広行

亡き丈母へそしてNさんへ
その織りなされた日々へ

目次

緑の導火線　7
夏と婚礼　21
春のらせん　29
時しらず　37
千行の日々　43
薄墨のシンギュラリティ　73
神の小波　83
拾遺集　117
長い夜、九千の日々――とうに夜半を過ぎて　138

写真は著者撮影

# 緑の導火線

1990〜

幼年期または黄金時代

果てしなき宴のごとく始まりて今も震えし遠きともしび

君の瞳《め》にかすかに残りし空の青佇んで聴く幼年期の風

この胸に自由な荒野を抱えおり午後の木立ちを抜けゆく今も

＊＊旅行

青かりし地球のことも見ぬままに五月の若葉に消えゆきし子よ

まだ見ぬ子ついに見ぬ子となり終わりわれらに緑の夕風止まず

この夏に父とならざるわが肉に強き日射しの満ちて大空

世界へと円き明るき朝満ちてわれらに最初の感傷旅行

慄える実慄える樹など見つめつつ夜に紛れてさすらい行かむか

闇やさしく花と星の出会うしたともに歩めりわれらのエレジー

かなしみはいつかの日々に消えゆくかただ透明な空のさざなみ

思い出は地上の影に似ておらむ満ちる光の遠き呼び声

ある時に落胤せしまま生命の導火線のなか歩めりわれら

われら消ゆとき映像もまた失せむ光と影に満ちし無数の
緑あふる地上に雨の降りやまず炎と天使と命のごとき
世界へと巨きな問いのままにあり嬰児の瞳のきよしこの夜

日々の泡

終末へ暮れだすきわみの夕闇あり廃園の鐘撞かれずまま朽ち

われ去りし街もかなたに透きとおりはげしく今緑の風吹く

あざやかに生のダンスを踊りつつわれにはわれの死を纏わしむ

## 春の抱擁

抱くとき君小さく呼びており遠き地平と野生の風を

そのままにわれに息づく輪舞あり今朝は落ち葉の軌跡まぶしく

ビール飲むそのつかの間を春雷あり駈けぬけ過ぎしわが青年時も

探すべきひとは君とふと感ず不意に風立ちわれらの五月

抱くとき君の瞳走る若葉あり過ぎ来し日々の緑をうたい

*

短歌とは「愚鈍の形式」そう書きし　一瞬《いま》に八月の光あふれり

コクトー忌

海からの生誕　人はみずみずしく幾度よみがえる　今日はコクトー忌

細胞をめぐる諸編

細胞をみどりに染めいし新しき日々をわれらの処女地と呼べり

死にいたるひかりなども含みつつ生き生きと照る緑の種子あり

この生をひとつの緑の過程としわれに来たれよ強き証明

問いかけは緑の軌跡を探す旅、細胞に残る緑の地平を

可能とはまだ死語ならぬこの夕べわれに初めのパトスあり、今も

まだわれにさわやかなる導火線の残り香はあるか、どしゃぶりの雨よ
遠からず死はそこに熟れるオリーブにも、われにも満ちおり緩慢なる死は
鳥の声、雨、鉄骨などを限りなく、一編の詩に育みゆかむか

私が私について考えている二、三の事柄

〈私〉とは交流する他者、大いなる端末としてやがて自壊せよ

この夢の途絶えしのちも荒野あれわれわれひと摑みの柔らかき殻

# 夏と婚礼

凍てつきし夢のかけらのその芯《さき》に今も残りし夏の果実よ

若者のすべてを生きんはつ夏にただ流星のごとく鴎飛ぶ

魂の二分の一ほど分かち合い君と訪ねし永遠の夏

透明に生きんと思うこの夏はむしろはげしく風よ光よ

君かこむこの地平のかぎりまですべてわれらの夏の婚礼

幾千の夜半を越えて届きおり夏の彼方に海とざわめき

細胞に熱満ちひきしわが夏と呼ぶべき地平の始まりにおり
かつて視し夢の渚にたたずみて夏の子供のままに醒めおり
わが夏に真夏の種子を引き寄せむこの太陽の空のましたで

明けぬ夜もっとも静かな海におり自律せよと夏の少年

ありてなお満ちるべき影・光ありわれらのためにもっと凱歌を

数多きざわめきありてわれら今夏の放射に貫かれており

けさはわれ太陽の手のなかにあり休暇の夏の空白のまま

飛沫ありそのかたわらを舞う君の夏の乙女のままのたわむれ

駈けるべき夏かたわらに置きしまま揺れる捲毛の君へ崩れむ

渚走る少女を超えし君ありて夏のかがやき強く弾かむ

息なごむ君の彼方に去る夏をともに見つめむさらば物語《Récit》よ

てのひらに今も残りし夏ありて滴のままにわれら花とす

# 春のらせん

春の円　白い航跡ひきながら　青き彼方《Rien》へ　渡航せしわれら

惑星の午後　しずかに傾けり　世界はひとつの波にただよい

ただ島へ行くことのみに焦がれおり　春の円盤　流星やまず

この春は　世界へつながる晩餐のなかの　小さな木漏れ日のよう
きみといて　春の宴を生くるべき　ともに消えゆく天使らとして
ほほえみに　法則などはないだろう　春の光の　さんらんのなか

満ちひきて螺旋のごとく風薫り　わが遺伝子も春に目ざめむ

生もまた　この春に裂かれ　匂いたつ　潤み、ひかる　死の核もまた

春はや　衰弱ののちの木の露の　はじめの光の一滴より　出づ

世界など　束の間の発火　短距離の青年　春のロード駆け抜け

わが輪舞《ロンド》　終曲はなく　週末の　地の果てとおく春雷やまず

海からの風さえなくて　春しろく　終わりはいつも白き無の花

書く午後の白いノートに　風立ちて　春雷やまず遠き微粒子

# 時しらず

美しく夏涸れ果てて廃園のごとき砂浜駈けておりぬ

われらただ病のごとく朽ち果つか燃えさかる夏　午後の幻聴

散る光車窓を迅く過ぎるときわが青春も踏切を越えむ

きよらかに朝の食卓迎えつつこの惑星の終末を視む

この世界滅びるときの夕映えの満ちて流れる時間《とき》の噴水

全体も部分もなくて光りゆく空虚みている放課後の空

水溜まり。 欠けた縁に空みえてこのようにまた世界は生まれ

郊外はただどこまでも霞みゆき少年の夢いつか固化する

肉体は悲しくあるか火のように涼しくわれら立ちつくす真昼《ひる》

# 千行の日々

## 千行の日々

遠ざかる日の果てのその果てにまだあるだろうか汀の家よ

エントロピー《混沌よ》　遊星のごとくわが海に満ち引きており　生と死の時

平面の夢のかたちのその先にぼくらの街も逆立ちしている

遠い野も遠い街区もひとしくて燦燦と降るひかり満ち、日々よ
短夜《みじかよ》のはげしき夏の宙《そら》澄んで　生き来し一瞬《とき》の　時間旅行よ
言葉など遠い墓標か　唬唬と風吹きゆきて　荒野の破片

千行の日々遥けくてしんしんと遠いきのうも遠い未来も

あふれる日はや駈けて来し　かなしみの翼はるかに澄んで　青空

亡きM君へ

閉じるべき生命線も燃えゆきて夢の回廊、空に融けゆき

晩年の片隅知らぬ朋逝きて空洞のみが残れり　今は

ひとは皆異端の天賦信じつつ昏きひとりのともる火の果て

三月は残酷な季節だ

汚されし地に住む児らの目に天使つらなれつらなれこの世の果てまで

昨日今日虚のむき出しの巨木倒れ　地に惑う影死の影ふかく

水の泡ただ累々と累々と死臭にからまり地平線消ゆ

降る雨は何処の炉より来しものか遠い悪につらなるわれら

放射線わが遺伝子を殺めんか遠き内部の死の音深く

残響の　その終末の鐘の音の　遠く近くの水際の朱よ

幻蝶の真昼のなかで凍りおり　可視光寒く小さき死ひとつ

白日のひたひたひたと降る塵の遠く語れり黒き汀を

原子炉に散る花ありやくれないの万華散華の瀑布、　桜花忌

雨降りてただしんしんとしんしんと　土地・痛み・礫、　はげしく濡れよ

ここはZone　白き無音の致死量の　影のみ濃くて　無人《ノーマンズ》の礫野《ランド》

Tom ra ushi 弔う牛のその果ては　白きひかりの葬送のはて
（Tom ra ushi：アイヌ語で花、葉、場所の謂）

初夏のひかり歪んだ影描いて閉ざされしZone　どこまでありや

立ち入りの禁止はてなく際立ちてただ真白き否　エントロピー《混沌の野》よ

その先に見えない汀の致死量の風　光りおり　黒き氷河期

原子炉もひとつの寺院ならば声　聖歌のごとく天までとどけ

半減期無限にとおく連なりて打ち寄せやまぬ黒きおおなみ

半減期朽ちてひかりの春の野におとずれあれよ白き夕暮れ

汚されし校庭に集う児らの円　空に浮かんで飛ぶ Circle になれ

満ちてなお青空深く何度被曝あらむかかなし遠き市民《シチズン》よ

滾々と海よ　ゆるやかに　地軸までながれ逆巻けこの空《くう》の果てへ

### 石棺／幻想

石棺なお棺とならずどこまでも朽ち果てゆかむ黒き死の夢

われよりもながく果てなく生き延びむ原子の舌の赤き鼓動よ

静かなる時

滅亡が肌に刺されり炎天のなか少女らが駆けぬけゆけり

大空のました被曝す　白球追う少年の背に夕焼けせまり

すでにはや工程表などなき世にあり白きまひるの白き神の火

滅亡の遠く近くの倍音の耀きてひかる　遠き断崖

ひたすらに何か終わらむしんしんと降る光満つ　見えなきものよ

絶え間なき見えざる鏬《日々》の中空に透いて凍れり亡びの時よ

見えざりし廃墟のように漂えり　時のあわいの時の崩落

未来より抉られし時のさら地あり　無数の杭と無数のわれら

ひともまた亡びの形態まといつつ此岸の風の迅速《はや》さに壊れ

ひとすでに滅びつつあり今日一夏の炎影《ほかげ》立ちて流星やまず

壊滅の海はひとしく果てなくて青き光の散乱のはて

おそらくは滅び滅びてもまだやまず見えなき終わり果てなき終わり

からだとはひびき《つれづれ》あう海　たまさかのたまゆらに揺れて　涯なく湧いて

桜花ひとひら　雫のありていま一期一会の空にとけゆき

わがいのちいずれはかなき水先のみなもにきえて露にとけゆけ

わたしなどこの泡雪にきえゆきて無為のはざまにかならず融けよ

ひたすらにわたしの終わり日の終わりつらなる先の夢のもつれよ

三千の世界のかなたのその先に揺れているのか新しき世界《ニューワールド》よ

美しき八月の鯨泳ぎいで水輪のなかで遊ぶ生命よ

Ise

神様はおはしまするよ　Ise no miya　みどりとひかりと水の匂い満ち

おのずから空虚なれば極まれり　春のひかりの伊勢の原碧く

あるようでなくないようであるのだろう　しろきみたまのさきの夕映え

誰かのため空けておくべきその場所にひかり降り満ち永遠の正午《まひる》よ

## アデュー（D氏に）

アポリアも漂流も今ここにある　はげしく生きよ、さぁ歓待せよ

エミグラチオ処女の魔法の雪あれば今一度ここに虹の大地を

行き暮れて一大紺のなか　われら野原のようなものになるだろう

ない・あるのテトラ・レンマを越えゆきて流るるみずの水面のほつれよ

からだ炎《も》ゆ　その《たまゆら》はてにふる雪ありてわれにもきこえしたまゆらのこえ

ひびけ鋳　微けきそばに立ちおればわれらよろこびかなし稲妻

こんなにも光零《ふ》る日に立ち逢いてただ透きとおる空のましたで

### 夏の紺

世界なお亡びつつあり焔《ひ》のごときわまで燃えし夕空のはて

夏の紺おもかげたちてながれゆく　われと空と　宙《そら》とわれらと

父母洗い　われをも洗い　海洗い　遠い果ての　懸崖《はて》のはてまで
宇宙深くなにもなき世のはじまりの底冷えの夜夜暗き碧よ

Panよ
快晴の今日のすべてはレクイエム Pan《キミ》亡きあとの陽射しさびしき

春の日の白き光の満ちあふれキミ消えしのち部屋の広漠《ひろ》さよ

たましいはいずこの空へも舞い行かむ　渦巻きながれ宙に飛びちれ

草原のかがやくキミを想いつつ I Loves You Porgy ただひとり聞く

尽きることなき道の夢のあとさきに起ちあがりいまもわれを送らむ
そのようにただひとつの道あればやがてわれらもそこを通らむ
そのようにただひとつの道あればやがてぼくらはそこで会おうよ

Pan ゆきてひと夏が過ぎ

さびしさはこの雨のなか降り積もるきれぎれの影、爆ぜる想いよ

なにもなき手のひらのうえキミの熱の重さを思い　白き夕暮れ

かつてなき台風のなかPan の顔写真がわれを視つめてゐたり

父よ

父よいつかあなたと歩きし病院の母への通路遠くなりにき

遠き死か近くの死かは未明の果てただ縁に立ちつつ歩みたまふ

父よ、よく花の写真を撮りしゆえ

花を録り　花を集めて花別れ　咲く花・三花《みはな》・余花《よばな》・世の花

死にゆくや光のなかにくるまれて繭のごとき生閉じゆきゆかむ

＊

幻の絵

父も母も綻びつつある円空のなか　ただわれは佇《た》ち見送らむか

父とはや会わざりしの日の遠き帆の流るる縁のごとくありけり

# 薄墨のシンギュラリティ

薄墨のシンギュラリティ　遥かなる澪ひく声の遠いさざなみ

特異なる夏の終わりのかがやきにわが衰えの器官なき身よ

二兆年銀河の消えし平原の伽藍の夜空に浮かぶ小船よ

衰滅の風のさなかでふいに欲す脱皮のごとき若き羽衣

このわれに溶融すべき老年はありやと問えば一羽のかもめ

わが滅びさくさくと鳴るこの夕べ氷雪たかく飛翔せし蝶よ

われらなど消えゆく異種の混合の黄金のはがね一閃の夢
たがいの肉欲したくなり晩年のアンドロイドのわれら同胞
特異なる真夏の闇に消えゆかむわれら遺族の薄墨の果て

起源なき身にもつかのま光速のごときかなしみ遥けく満ちて

疾走のアンドロイド《わが同胞》よ　最初へと回帰する夢かなしく白く

光射す夏の水際にきらり立つ老いこそ神まぼろしの宴

しずやかに細胞朽ちぬこの夏はむしろ烈しく風よ光よ

翳りゆく進化の果ての木漏れ日にむしろひとりに裂けゆくわれら

薄墨のかなしみ澄んできわまればわがまぼろしの美しが原

崩落の波のつぶてに囲まれし「肉体は死せり」滝のごとくに

束の間をただようことが男ならたずさえて行け「輝ける闇」

墓標あり緑のはやてにつつまれて光のごとく死すべきわれら

廃墟なる家の天窓　薄墨の空に塗れて昇りつつあり

遁走のアンドロイドよ「空の青海の藍にも染まずただよう」

# 神の小波

神の波遠く遥けく聴くようにわが歌もまた微かに消えむ

ここ過ぎてかなしみの街ひとみ刺すうるうの破片声の散乱

風やんで八月の光死にたえて遠き空蝉静かに朽ちぬ

世界とは瞬時にほろぶうたかたの梢のさきにゆれるおもかげ
神は遠くきらめいて秋かなしみのあふるる水の鐘の音澄みて
夕刻は赤くはげしく腐蝕せりこの世のすべては晩餐である

夕刻は赤くはげしく腐蝕せりこの世のすべては晩鐘である

神はただ異音のごとく遠ざかり永きまひるの野末のはてに

はるかなる神亡きあとの空の青たたなわる影ひとすじの雲

花束を贈ろうこの空無なる花瓶の上にひかりを添えて
神ははや静かの暦累々と消えしこの世の木漏れ日の果て
われはただ空《から》の火もちて立ちつくしトゥモローランドなどは死すべし

がらんどうの耀きしずかに降りてきて世にさんさんと桜花散る

Y染色体はやがて消え去る運命にあり
男とは消滅すべきY体のひるがえる海、　あけの明星

滅亡のひたひたひたひたと押しよせる遠い岸辺に　かがり火深く

われ想うゆえに静かに花ありて白きまひるの波間のうえに
たましいは浮かぶ孤船のその果てに微かに燃ゆる螺旋の火柱
神なくば神の衣も消えはてぬ宙宇《そら》のまなかに夏煙立つ

驟雨なども未来のなかに滲みつつわれら死すべき発光体よ

しんしんとこのさいはての街過ぎて空のかなたのかなたの須臾よ

無援歌

神よいま一度かげろうのごときわれに夏の光を無数の比喩を

思い出が濃密になる晩夏の野たましいが透く　メランコリア

昨日まで死にゆく世界の梢あり今朝もひとつの終わりの蕾

言語・空いつか消えゆくその日まで　来る日来る時不在の神よ

この生のうす紫のあわいにて宇宙のように過ぎ帰し君よ

かなしみの光の砂にまみれつつわれら歩みの傷のきざはし

錆びれゆく風にわかれを告げるなら終わりはいつも白き無の花

神はただ静かに小波まき散らし逆白波の立つままに佇つ

神の波あるかなきかのかそけさのしずかなしずくにわれ生きゆきて

ながれゆくいのちのきわのきざはしに神の眼のようとどまる影よ

世は赤きひかりの終末、水泡のなかに消えつつわれら歩めり
うすいろの藻屑ひろがる世に入りて来世はあらぬ断崖のさき
気まぐれに落としたもううたかたの日々と木洩れ陽 神去りし跡に

薄墨の…

生命の飛躍のはてにこんこんと降り積もる影　外はあわ雪

地上へと今日をかぎりの光降りわがゆく年も残光あらむか

はじまりは生まれ生まれて空の青、　はじける泡よ－電影の生

終わりへと死に死に死んでなお死んで薄墨ふかく遠きたそがれ

薄墨の記憶の川にわれら消ゆゆめのかなたのかなたの橋よ

されど、ふたたびの夏

父母も遠くに去りぬ真夏日の澄みわたる底　白きおおぞら

夏はただ交差する影、陰と陽果てなくふるえ海にとけあう

わが夏の母音・風鈴・夏草の氾濫満ちてかがやきのなか

未来から詩歌は来たりおそらくは夏の疾風の素足に乗って

そのままにただ海へ帰る　そのままに光・波・風・空・雲・無《Rien》

歌のつばさ

神はいざ静かに歌う影のよう絶えまなく降る遠き誘い

とこしえにとこしえなき世の空白に静かに佇てりひともとの葦

柔らかくかそけきもののあかるさの風吹くままに落つる軌跡よ

わが無為のひかりのごとき空芯の溢るる思いのながれのままに

神駈けてひるがえる宙　夕映えのさざなみのなかわれら旅人

月と海ともに静かに満ち引きてわが體内の夜に滲まむ

歌は雪　重なりあう世の冬木立 多元宇宙の宵闇の涯て

そのそばに匂いあふるる麦のはら光さす身に重心澄みて

われはただかそけきもののかそけさのかそけきあわいのこずえのはてに

## 少年の日

新たなる生あればこそはつなつの光に融けてゆれて遊ばむ

ある日あるときの狭間のきみがいて駆け抜けゆかむ夏の夜の夢

わが飛行果てしもなくて空の青こわれてにじんではじけて散って

少年の日差しのなかへいつの日か帰らむ Free な Bird になって

みなはてぬ　水の都《みなはてぬ》の底のうみ真白く凍る静かなる泡

開闢と滅亡の偽書多く燃えさかる焔《ひ》のさきわれら果つるか

人みなは汀のごとく消え去れり　荒きみたまの夕映えの宙《そら》

青き夜のひかりのままに静まればいつかわれらの荒びも絶えむ

壮麗な、歌も、寺院も、大空も、夢の波間にうかぶ折り鶴

美しく晩年は果てむ砂の城あわきひかりの散乱のすえ

老年の価値など啄みいっせいに鳥ら飛び立つ空の彼方へ

夏烟噴きあがりつつひとすじの虹のごとくに空へ懸からむ

神はいまたそがれの空待ち受ける光のはてにわれら歩まむ

神々のゆくえは知らず一面の紺たたなわる遠き夕暮れ

神はいま公園のなか降り来たり遠く近くを吹きすぎて、風

ひとよその不可思議なるいのちの実　未明の震えでいまも歌われ

時こえて消えゆくものらの声ありて微かに照りあう夜半の岸辺に

神はいざ遊びに来ますどこへでも遠く近くを吹きすぎる塵

われもまた水泡に融けむ一大紺　空と海と水平線と

新たに、そして幾度も生よ

幾たびも新たなる生起きむいま横になだれて一陣の風

露ほどの世界の終わりにたちあいてうす紅の薔薇の蕾よ

紺青の光のはての空の色焦がれ焼かれて崩れて舞って

ならず　そう言いし友の白きメール　日差しのかなた山並み深く

ひとはみな誰かのかわりのたずねびと発芽とそよぎの深き緑よ

真夏日の青山霊園よかったよね西村さん　涼しき庭で

Songlines

きみよいざいずれはかなく歩くべきなお逆光の破線を縫って

まださらにかすかに遠くうたありて Songlines の道行きのはて
これがいま誰のものでもない薔薇のひとつのうたの焔になればいい
少年《ちいさき》の日は遠くになりてはつ夏の熟るるひかりの石畳のうえ

数多き宇宙の終わるこの夕べひとひらの風吹きすぎる今も

新しい歌

今日はわれ全的になお全的に夕暮れのなか「ひとり無援の」

鳴るものは鳴れよ一閃の空漠の果実きらりと冴えわたるいま

新しい歌なんてない降り注ぐひかりを一つ添えつつ生きる

きみといて夏の夜空のかなたまで知らぬままに風吹き　ゆけり

＊

歌はただ枯野のはての宵闇のなかに籠れり光のように

やわらかく清き気象の立つままに鳥舞いあがる真空の空

宇宙なる美しかりし夢の跡　蹲る夜の胎児のごとく

＊

晴れた日の人間以後に人間はありや　空飛ぶ燕のように

＊

おしまいは陽射しのなかの少年で終わるべしわが道ゆき《Songlinesよ》のはて

# 拾遺集

—なり損ねたもの等、
未生の短歌のために—

## 無題

黄金は記憶の果ての生以前
ネガティブな時のはざまに秋燕
倒立せよ喉を潤す言葉たち
夢語る背後に風化の影来たる

今夜より　見者ひとりの旅枕

月夜卵　一個の生に向かい合う

いきなり夏　記憶する生の血の轍

リリースせよ　むしろ魂無軌道に

視る彼方 宇宙塵のしんしんと

生も死もともに満ちおりわが肉に

悪胤

誰もいない　汚れた海に　ただひとり
ヴァカンスも絶えて無数の腐肉あり
タブラ・ラサの如く世界が潰えし日
錯乱の桜爛々　狂い咲き

垂直に棺立ちたる　霧ふかし

石棺に閉じ込めし日の砂礫あり

夏枯野　見果てぬ先に白き杭

致死量こそ聖なる時へ誘引せよ

ヴェニスに死す

少年も男も消えてヴェニスに死す
男とは死すべき花の万華鏡
光射し男子はかなし　刀剣よ
迷いつつこのむらさきに消えるのみ

プルースト読み終えし夏　行方知れず

迷宮の輪舞のはてに　走馬灯

晩年の生よつかの間　海冥し

## 幻世

大空は幻なりや　春の雪

遠い塵　遠い光と遠い海

幾千もこだまの光降る月夜

夏蝶の夏野のはての夏の墓

廃園に空蝉の夢こぼれ満ち
彼岸花　きのう滅びし日のきらら
空芯の原野へとまた還る夢

## 不完全性定理

ひとは不備・不完全の実　漂う空
不完全こそ初夏　一瞬のざわめく身
光・海　さらば青春　風・身体
「完全な」かけらのなかのまどろみよ

虚空なるこの世の謎は解けず　空よ

一句起こりその泡立ちに陽炎たつ

終末序曲

仮構せよ　その生の果て永遠の凪を

われはただ消滅すべき素粒子の海

夏至祭――（時こそいまはうち薫じ）

廃園にとおい青空、錆びた貨車

深きより雪崩れつつあり大伽藍

大いなる日消滅し　咲く曼朱沙華

## 或る日

われらただ野原のように滅びつつ
零なりし始まりの日のひかり満ち
世界＝（皺）、滅び滅びてもなお止まず
—はじまりも滅び滅びて　暗き未知

エクサ・ロードの日々

日録

こぼれる日蓮華の花も風のなか

九月の風　人はいざ死に至る病

火柱あり　父とならざるわが半生

なにもなき野の花ひかりわれら消ゆ

どこへでも消えゆくときの夕日満ち

カナシミハ空ノアワイノ夢ノ衣

エクサスケール

百年後の少年海へ帰るとき
きよらかにエクサスケールの海碧く
かなしみにエクサスケールの波白く
人はみな特異点越えて夏の闇

この生よ　巨いなる函・独楽の夢

晩年の海遥けくて free birds

この旅の果てまで日々の泡きらめき

終の住処《いえ》消えてただ白き夏野あり

万巻の書物廃れつつ夏終わる

惑星の一族亡ぶ　夏至の夜

ひとは未だ滅びのうつわ　夏の風

百年後「海の彼方の空遠く」

百年後ひと絶えてのち真白き野

## 長い夜、九千の日々——とうに夜半を過ぎて

題名の360（三六〇）には自分なりにいくつかの意味合いをこめていますが、360度の視界を通じた変遷のなかで、変わった部分・変わらない部分、若い私・現在の私をふくめて、感傷から抽象、透明から混濁まで、その振幅は振幅のままにこの歌集に照らし出されているようにも思われます。その間にはさまざまな事象があり、幾つかの死もありました。それらもこの三六〇のなかで歌われています。

特に後半部分については抽象の色あいがより強まっているように見受けられるかもしれません。そこには深いところで目にするものを前にして、抽象に向きあい、戦い、抽象の衣を装わざる得なかったとの私なりの思いがありました。それ以外のどんな次元の言葉もリアルではないように思えたからです。僭越な言い方かもしれませんが、新古今和歌集に代表されるような歌集群がなぜ一見象徴や人工的な纏いにみえなければならなかったのかその一端が少し理解できるような気がいたしました。

たとえどんなに抽象の歌のようにみえても私の歌の始まりはかならずある日、あるときの、具体的な思いやイメージから始まっています。その意味で日常から逸脱した風景を歌っているとは思っていません。どこか意味を超えた空白域のようなところ、その在処、やがては無に帰るような場所を目指しているとしても。

長い夜が続いています。

いつまで？　あるいはそのような夜がもう終わろうとしているのか。まだ見ぬ朝のそよぎを感じながら、私は初めてとなる、一冊の歌集を携えて今日ここにいます。紛れもなく今ここに佇んでいます。

末尾となりましたが、本歌集のために栞を書いてくださった詩人の田野倉康一さん、そして私の意を汲んで製作にあたってくださった七月堂の知念明子さんに改めて感謝申し上げます。

著者略歴

詩集『二十五時』（私家版）『もっとも美しい夕焼け』（近代文芸社）『宇宙そしてα』『素描、その果てしなさとともに』『Chaos／遺作』（以上、思潮社）

詩集×エッセイ『記憶する生×九千の日と夜』（七月堂）

（東京都在住）

歌集 360（三六〇）

二〇二三年九月八日　発行

著　者　吉田広行
発行者　後藤　聖子
発行所　七　月　堂
〒一五四―〇〇二一　東京都世田谷区豪徳寺一丁目―二―七
電話　〇三・六八〇四・四七八八
ＦＡＸ　〇三・六八〇四・四七八七

装　幀　菊井崇史
印　刷　タイヨー美術印刷
製　本　あいずみ製本所


ISBN978-4-87944-535-3 C0092